o movimento dos pássaros

Micheliny Verunschk

outros títulos martelo

coleção ideia e memória
Papéis de poesia: Drummond & mais | Antonio Carlos Secchin
Estética e anestética: reflexões filosóficas | Odo Marquard; trad. Luiz Costa Lima
Lira e antilira: Mário, Drummond, Cabral (3ª ed.) | Luiz Costa Lima - no prelo
Síntese da história literária de Goiás | Antônio Geraldo Ramos Jubé
Teoria da Literatura em suas fontes [4 v.] (4ª ed., rev. e amp.) | org. Luiz Costa Lima - no prelo
Vida e mímesis (2ª ed.) | Luiz Costa Lima - no prelo

coleção cabeça de poeta
Meditações | Jamesson Buarque
Desilluminismo | Glauco Mattoso
Inventário: poesia reunida, inéditos e dispersos [1963-2015] | Heleno Godoy
Moradas | Angelus Silesius; trad. Marco Lucchesi
A hora e vez de Candy Darling [poemas 2013-2014] | Horácio Costa
maravilhas banais | Micheliny Verunschk
O olho do girassol | Inês Ferreira da Silva Bianchi
Uma via de ver as coisas (2ª ed.) | Dora Ferreira da Silva
O corpo de uma voz despedaçada | Wesley Peres
Poesia completa [1944-2010] | Antônio Geraldo Ramos Jubé
Tempo de atirar pedras e dançar | Paulo Guicheney
Yahya Hassan | Yahya Hassan; trad. Luciano Dutra - no prelo
taipografia | Fernanda Marra
lâminas | Dheyne de Souza
cobra criada | Mazinho Souza
O movimento dos pássaros | Micheliny Verunschk
Rastros | Tarso de Melo
O antipássaro | Donizete Galvão
Regressos | Leonardo Antunes
Agridoce | Manoel Herzog - no prelo
asfalto | Diana Junkes - no prelo
Risca Faca | Ademir Assunção - no prelo
Autoantologia | Alexei Bueno - no prelo
Geografia íntima do deserto (2ª ed.) | Micheliny Verunschk - no prelo

coleção coisa fina
Alguns rastros: uma antologia | Tarso de Melo
O futuro presidente [um conto] | Júlia Lopes de Almeida
serviço de preto | Mazinho Souza - no prelo

coleção el dobro
Equatorial / Poemas árticos | Vicente Huidobro; trad. Nina Rizzi - no prelo
Três novelas imensas | Vicente Huidobro; trad. Nina Rizzi - no prelo

coleção prosaica
Por que você não entalha outros animais? | Yvonne Vera; trad. Cibelle de Guadalupe - no prelo
A vida é boooa | Remco Campert; trad. Daniel Dago - no prelo
Eva | Carry van Bruggen; trad. Daniel Dago - no prelo
Ana à esquerda e outros movimentos | Antonio Carlos Secchin - no prelo

o movimento dos pássaros

Micheliny Verunschk

coleção cabeça de poeta 27
série contemporanea

martelo
goiânia, 2020

coordenação editorial miguel jubé
projeto gráfico e finalização de capa *oficina do martelo*
ilustrações Vinícius Yano
composição, diagramação e revisão *oficina do martelo*
produção gráfica *cumbuca – ateliê gráfico*

Dados Internacionais de Catalogação na Publicação (CIP)
(Câmara Brasileira do Livro, SP, Brasil)

Verunschk, Micheliny (1972-)
O movimento dos pássaros. / Micheliny Verunschk; ilustração Vinícius Yano. — 1. ed. — Goiânia: martelo, 2020. — (coleção cabeça de poeta; 27).

ISBN: 978-85-68693-40-7

1. Poesia brasileira. I. Yano, Vinícius. II. Título. III. Série

20-46075 CDD B869.1

Índice para catálogo sistemático

1. Poesia: Literatura brasileira B869.1

Aline Graziele Benitez – Bibliotecária – CRB-1/3129

martelo casa editorial e comércio de livros ltda.
www.martelo.art.br

nota editorial

"este livro não é um pássaro // (embora voe / as folhas abertas / como asas)". possibilidades é o que nos tolhe a ordem do mundo. a vontade de ser pássaro, de ter asas para voo, é cada vez mais realizada junto com a contradição de ter asas mas não poder alçar o voo, pois está de uma maneira ou outra preso. e quem pode libertar ou prender as folhas deste livro é quem o pode ler: abrir suas folhas e percorrê-las, registrá-las na mente, encontrar seu registro no cotidiano, deixar que as possibilidades aqui dadas se realizem ou, ao menos, queiram se realizar pela ordem do mundo; sempre com a perspicácia que advém da cautela, já que "você pode ficar preso lá dentro enquanto ele escapa".

três anos depois de *maravilhas banais,* este é o segundo livro de Micheliny Verunschk pela martelo. além de operações poemáticas já características de sua poética, como o recorte fotográfico e a composição poética por camadas (que se evidencia mais em alguns poemas do terceiro movimento), também temos uma precisa apreensão de uma delimitação temporal e a expansão espacial dessas abordagens, como que a condição do topos fosse determinada pelo tempo, e não o contrário. tematicamente, é bem direto ao que o título nos remete: o movimento migratório das vidas e dos seres humanos. dessa maneira, *o movimento dos pássaros* fala exatamente do que vivemos: vidas que vão e que vêm, travessias, passagens contínuas e tentativas de se estabelecer em algum lugar pelo mundo. as vontades humanas confrontadas pela existência — da natureza e da própria existência produzida pelo homem, a experiência social. os voos que se realizam e aqueles cujas asas são podadas.

volume 27 da *coleção cabeça de poeta, série contemporanea* (publicando parte da boa poesia contemporânea brasileira), este *o movimento dos pássaros* parece encerrar também um pouco das últimas possibilidades de se conceber ainda o metapoema, e parece se encaminhar dentro de um novo século, uma nova prospecção da linguagem — sobrecarregada na turbulência de outros séculos, mas falando o seu tempo no seu tempo. assim se mantém a autora como uma das fortes vozes da nossa literatura contemporânea; seja no poema, seja na prosa, reconhecemos uma dicção peculiar e madura, que nos instiga a cada livro novo, como este de agora, que resplandece "com as cores da cauda do pavão: [...] meio peixe, meio pássaro, meio mulher".

miguel jubé
goyania, jul. 2020

para Belchior

sumário

primeiro movimento

segundo movimento

terceiro movimento

primeiro movimento

O pássaro que levou um tiro cai do ar,
os outros notam:
precisam saber o que está acontecendo

Margaret Atwood, *A Porta* [trad. Adriana Lisboa]

advertência

este livro não é um pássaro

(embora sangre)

este livro não é um pássaro

(embora voe
as folhas abertas
como asas)

este livro não é um pássaro

(embora sua natureza de filho da árvore
ocasionalmente encontre o céu
como qualquer pássaro)

este livro não é um pássaro

(por ser demais a humana oficina)

este livro não é um pássaro

(embora queira cantar
antes que raie o sol)

este livro não é um pássaro

(embora o seu peso o denuncie
como pássaro)

este livro não é um pássaro

(e embora migre desordenadamente
como os pássaros não o fazem
por isso mesmo
não é um pássaro)

este livro não é um pássaro

(embora pouse
muitas vezes com a elegância
própria aos pássaros)

este livro não é um pássaro

(embora não seja imune à pedra
e às armadilhas)

este livro não é um pássaro
apesar de crer.

apenas quando os poemas
arrebentarem a gaiola
este livro
(que não é um pássaro)
pode tornar-se
o pássaro que quiser.

sobre o poema

não necessito de outro chão
para andar
que não este poema.

a pedra do vocábulo
que ultrapasso
fere meu dedo
com seu aguilhão de zargun.

este poema
território aberto
para além do mapa.

este poema
me alerta.

sobre a luz

deixar que o poema ilumine
lamparina acesa
porta
estrada entre o sol e a sombra
copo de água.

um poema
é sempre
chão alheio
céu
outro planeta.

sonho um animal de luz
tem cascos
pelo prateado
olhos que acendem
fulgurantes
e nas asas
penas brancas
de pontas negras
que alcançam cada uma
a envergadura de um marabu.
atenção!
vê como ele salta desta página lisa?
logo se desfralda em sua fuga.

todos os versos que quero escrever
já foram escritos por alguém
por poetas russas polonesas portuguesas canadenses

não sei
todo exílio cabe em uma paisagem insólita

tudo o que quero dizer já foi dito
mas o bedel impõe o seu próprio ritmo
escreva cinquenta vezes na lousa

é proibido atrapalhar a aula
é proibido atrapalhar a aula
é proibido atrapalhar a aula

mas tudo o que quero gritar
está contido no engasgo

a terra se penetra de terra
raízes penhascos pedras
a terra se penetra de terra
e vento e água e espécies nunca vistas a olho nu

é assim que palavra fronteira
passa a não fazer mais sentido algum

mas isso
tenho certeza
alguém já disse.

a verdade é o céu azul
crê o pássaro
durante o voo.

a verdade é o voo do pássaro
crê o céu azul atravessado
pelo voo.

cabem muitas verdades
entre uma coisa e outra
creio eu que aqui embaixo apenas observo.

do fracasso

o problema
que habita
este poema
não é o verso
engasgado
neste verbo
que não se espalha
por nada
nesta página.
tampouco a métrica
desencontrada da lição
da medida em régua
da fórmula geométrica.
o problema
que habita
este poema
não é nem a hemorragia
de palavras
que tentam explicar
o seu fracasso
nem mesmo o ritmo
que insidioso
se imprime
entre uma e outra palavra
de modo tácito.
o problema
que habita
este poema
é o homem
andando na avenida

em tudo calado
camisa inflada pelo vento
semblante triste
talvez cansado
um cão sem plumas
diria uma voz
cadela rosada
diria outra.
o problema
que habita
este poema
é mesmo o homem
atravessando a rua
um homem
é sempre solitário
em meio aos carros
um homem
é sempre sem destino
entre as buzinas
um homem
é sempre triste
ante os motores
da cidade que o engole
e o vomita
em cada ônibus
em cada esquina
um cão sem plumas
diz uma voz
cadela rosada
afirma outra
um poema
inacabado.

da traição

a nossa presença neste mundo
grita a nossa incongruência
matamos pássaros
enviamos meninos e meninas para a guerra
nos comovemos com a nervura da pétala da flor
enquanto alguém grita do outro lado do muro.
nossos relógios estão tão atrasados
que perderemos todos os trens e justificativas
mas continuaremos escrevendo poemas.

uma mulher escreve
Não tenha medo do vento

outra mulher escreve
Sobre as ravinas saltamos

o êxtase mora em coisas banais
e a pétala iridescente da manhã
bate primeiro em um parapeito empoeirado.

um pássaro
o que é?
uma folha rasgada
de livro
solta ao vento
ou o poema
ele mesmo
em movimento?

às escuras

é preciso escrever o pouso
do mesmo modo
que se escreve o voo.

é preciso escrever o ninho
do mesmo modo
que se escreve a árvore.

é preciso escrever a queda
do mesmo modo
que se escreve a curva.

é preciso escrever o ataque
do mesmo modo
que se escreve a perda.

é preciso escrever a ausência
do mesmo modo
que se escreve o pássaro.

é preciso sobretudo
escrever aquilo que você não sabe.

sobre como desenhar

escrevo meu poema
como quem desenha um pássaro
em uma folha de papel:

a ossatura oca
o peito em quilha
as vértebras flexíveis.
para que o poema voe
como o pássaro desenhado sugere.

sopro dentro dele
a minha própria respiração
injeto o meu sangue
o meu pesado e denso sangue
para a sua nutrição.
não poucas vezes,
falho.

toda superfície serve à palavra
o vidro da manhã por exemplo
ainda que úmido pelos humores da noite
e quebradiço por sua natureza fractal
ainda assim serve à palavra.

serve à palavra a pedra da tarde
sua face rugosa e irregular
sua porosidade que leva
ao centro dela mesma
toda tinta toda dor e flexão.

toda superfície serve à palavra
mesmo o voo da noite
insubmisso e imprevisível
suas asas negras compondo fúria e ventania.

a palavra
ela vem
ela é.

o poema é um pomo

o poema é um pomo
um pomo é uma maçã
mas também pode ser um marmelo
ou uma pera
ou a sorveira-dos-passarinhos
que nunca vi.

o poema é um pomo
pode crescer e amadurecer
murchar e ficar podre.

o poema é um pomo
e o verme que escava túneis
caminhos por dentro da polpa.

o pomo respira e morre e renasce
suas artérias e liturgias
seu ofício suspenso nessa árvore
pronto a ser colhido
derrubado
roído
atravessado pelo canto dos pássaros
pelas probóscides dos insetos
pelo olho que o lê palavra por palavra
como uma língua que se retorce
a salivação em torno dele
desse poema.

o poema é um pomo
ou a colheita do pomo

ou o desperdício do pomo
ou a escrita do pomo
mas pode ser também
aquela porta suspensa na memória
algo que até agora não havia sido cogitado.

da composição

imagina um pássaro de vidro
todo o pequeno organismo
trabalhando em claridade
o coração em moldura transparente
[como trabalha o coração de um pássaro?]
a antimáquina que sustenta o voo.
imagina um pássaro de vidro
o vento a fissurar o esqueleto de luz
uma beleza que trinca
na impossível claridade.
assim o poema sob o peso do mundo.

segundo movimento

Esta é uma pequena história de antes da criação do mundo
em uma época em que não havia nem Terra e nem chão
somente ar e pássaros por toda parte.

Tampouco havia lugar para pousar
porque não havia terra
então eles apenas voavam em círculos
porque isso foi antes de o mundo começar.

O som era ensurdecedor e pássaros cantavam por toda parte.
Bilhões e bilhões e bilhões de pássaros.

E um desses pássaros era a cotovia e um dia o seu pai morreu.
E este foi realmente um grande problema pois não sabiam
o que deveriam fazer com o corpo.
Não havia lugar para colocar o corpo porque não havia terra.

Então a cotovia encontrou uma solução.
Ela decidiu enterrar o pai na parte de trás da própria cabeça.
E este foi o começo da memória.
Porque antes disso ninguém conseguia lembrar de nada.
Todos apenas voavam e voavam em grandes círculos.

Laurie Anderson, "The Beginning of Memory" [minha tradução]

toda língua é asa
e voo
toda língua rota
e outro cálculo
de trajetória
toda língua migra
gira
em torno de si mesma
e do sol
toda língua
vai
e volta
toda língua
se revolta.

uma ave migratória

o quintal da casa dos meus avós tinha um abacateiro no centro
ou no que deveria ser o centro
ou onde eu achava que era ou deveria ser o centro.

havia também uma pocilga
e quando eu descia a escadaria
a mesma escadaria que dava para o quintal
o cheiro único daquele lugar me feria

o ácido da urina dos porcos
o enxofre da merda dos porcos
o azedo de sua lavagem.

o quintal em tudo
um pequeno paraíso.

e de tempos em tempos
as aves migratórias.

um pouco depois, o nome

há uma dor
no centro da palavra
um novo corpo
irredutível em sua luz
manhã
ofuscante
que germina
e cresce
vertical
ou voa.

sístole e diástole
o seu nome arde.

você que se chama vento
não é você o assobio do vento
você que se chama cordilheira
não é você o caramujo
sob a sombra da pedra
você que se chama água
não é você o contínuo dos pingos
numa folha depois da chuva.

há uma música que nunca cessa
e a isso chamamos existência
mas o que não definimos
é o que melhor nos sabe.

um copo se partiu em infinitos estilhaços:
salamandras ou pássaros?

não é preciso anotar no caderno este dia
os cães ladram como é de sua natureza
as crianças seguem para a escola saltando poças
suas sandálias gastas
seus casacos rotos.
espeto um inseto com um alfinete de cabeça perolada
o cheiro amargo da morte
a salmoura escura se espalhando e as pernas que estremecem.
não é preciso anotar no caderno este dia
não sou naturalista
no entanto colo com fita adesiva transparente
cada pedaço dele na memória.

não obstante
o peso do mundo
e a dor subjacente
a esses dias intranquilos
o sol lambe com sua língua
clara e áspera
todas as calçadas
e o céu é azul contra
o amarelo dos ipês
e o rosa escandaloso das buganvílias

a axila da mulher amada
recende um azedume de fruta
e a vida será sempre vida
passadas todas as guerras.

quando abri os olhos
havia o chão
lá embaixo
e em torno de mim o céu azul

esqueci o meu nome
o meu pai
a minha mãe
como sói ser o verdadeiro esquecimento

esqueci todos os poemas
aprendidos na escola
e mesmo a sensação
dos meus pés contra o chão
a força empreendida
a resistência da carne
contra a dureza do solo

quando abri os olhos
vi apenas os seus olhos

voo.

havia um cantor
sempre há um cantor
em nossas vidas
fúria e som
dizia Shakespeare
que talvez tenha chacoalhado
ao som das canções da Bretanha
do mesmo modo que Alexandre
ao som das trombetas de guerra
do mesmo modo que uma moça sardenta
chamada Lia ou Lisa não sei muito bem
ao som do rock'n'roll.
havia um cantor
eu já dizia
sua voz enchendo o dia
[o cantochão profano existiria
a partir da sua voz?]
la chanson!
o son, o som!
e eu jurava que ele cantava
o movimento dos pássaros.

terceiro movimento

Com seus pássaros
ou a lembrança de seus pássaros,
com seus filhos
ou a lembrança de seus filhos,
com seu povo
ou a lembrança de seu povo,
todos emigram.

Alberto da Cunha Melo, "Canto dos Emigrantes"

o sabiá é um tordo
do mesmo modo o melro-preto
e o caraxué.

barcas e barcas de refugiados à deriva:
a narrativa do noticiário não conta
que no início do afogamento
o corpo se debate procurando a superfície
mas a força da água segue inundando ilhas
derramando potássio
desligando mecanismos de defesa
até que tudo entre em colapso.

escrevo um poema na praia branca e morna
a mulher de camiseta listrada em azul e branco
junta areia em um balde de plástico vermelho e azul
chamam de âncora ao apresentador do telejornal
e o mar Egeu agora é muito muito perto daqui.

o sabiá é um tordo
do mesmo modo o melro-preto
e o caraxué.
os tordos não são gregários.
os homens também não.

refugiado é o nome
que se dá a alguém que foge de uma guerra.

uma guerra é o nome
que se dá a um conflito armado
com muitas mortes.

morte é o nome que se dá
ao que se opõe à vida.

vida é outra história.

cena 1 [take 1]

no prédio da esquina
outro dia
uma moça se matou
voou do alto
da varanda
ou da janela
do seu quarto
eu não sei
alçou
seu voo curto
entre o ato
e a queda

a minha amiga
viu o corpo no chão
a moça desmaiou
foi o que pensou
não viu sangue
nem nada

desmaiou
coitada!

pensou
a minha amiga
que só soube depois
que a moça
se matou
que não era desmaio

nem passamento
pelo dia tão quente
e abafado

ninguém sabe
o motivo
para se voar assim
numa manhã de terça
esse voo espatifado
esse voo sem impulso
para o alto
esse voo alquebrado
ante o ruge-ruge
dos universitários
que passam com uma coca-cola nas mãos
ou uma lata de cerveja
as acácias
e os pássaros
estremeceram
eu sei
e o rapaz que vende frutas
na esquina do prédio da esquina
sentiu o sopro gelado
que anunciou
a tempestade
do fim daquela tarde.

cena 1 [take 2]

é tão inadequada a morte
ainda mais uma morte como essa
a queda no pátio
onde as crianças e as babás
costumam se encontrar

a moça caída
tão próxima da quadra
e do parquinho
nem pensou nisso
veio voando
parecia um anjo
veio voando
alvoroçando o condomínio
numa manhã tão quente
o rapaz da banca de revistas
contou que só ouviu o baque
e pensou na pancada de chuva
que com certeza cairia
logo mais no fim daquela tarde.

uma asa nunca é abrupta
desenha em claro risco
outra asa
e mais outra
e outra ainda.

ao infinito
uma asa
azulejaria.

só a bruta pedra sabe
como extrair o mais profundo vermelho.

secos&molhados

num filme francês
alguém se suicida
narrativas de amor
são sempre cansativas para terceiros
não dou mais mole pra ele
ela falou entre um gole
e outro de vodka barata
e as janelas da casa ao lado
agora estão sempre fechadas:
postes grafites aranzel de fios elétricos
algazarra de letras nas páginas que voam
pássaros esquinas carros pessoas
[uma rosa explode   constelação de mil pedaços]

escrevo escrevo escrevo
escrevo meu amor
porque sou teu deus
e quero que por hoje ressuscites.

gnus migram através do Serengeti
borboletas monarcas aos milhões
atravessam as Américas
as renas percorrem mil quilômetros
para chegar ao norte
e o bobo-escuro
quase um albatroz
dá uma volta e meia no planeta
sessenta e três mil quilômetros em bater de asas
quase a mesma coisa que o trinta-réis do Ártico

só o homem
essa espécie estranha
feita de papel e assinaturas
entende o que é limite fronteira borda
só o homem
sabe o que é corrente cadeado corda
só o homem
essa espécie estranha
entende o que é polícia.

roteiro

quando você anda pelas ruas
de uma grande cidade
São Paulo ou Nova York
Londres ou Cidade do México
com quantas cores você pinta seus pés?
quanto sangue você injeta no peito
quando calmamente coloca
aquele blues para tocar
no gramofone antigo e original
que comprou no Mercado Livre
e restaurou com um velho de sotaque
de algum dialeto russo que você
não sabe distinguir
porque a Rússia é muito longe daqui?
todos os dias você migra.
todos os dias você migra e nem se dá conta.
todos os dias procurando um refúgio
mais ou menos seguro
num país que não é o seu.
e no entanto
pés pintados
sangue traficado
você,
você mesmo
não passa de apenas mais um romano de livro didático
temendo pela invasão dos bárbaros
e sofrendo antecipadamente pela queda do império.
quando o meu avô
chegou a esse país
era para escravo

que o queriam
(como aos outros
antes dele)
esse sobrenome
que hoje carrego
pelos corredores da universidade
pelas calçadas de outono
com meu cachecol de tricô
e sobretudo profundamente azul
atravessou o mar
fugindo da fome
na velha Europa
(o mar
um vasto espaço
cercado de piolhos e cólera).
toda terra é feita dessa gente que se move.

poema a propósito do gaio-azul

em New Orleans há um pássaro azul
azul como deve ser um espírito livre
do peso do corpo
azul como deve ser um poema
no exato instante que antecede a escrita.
em New Orleans há um pássaro azul
o vi uma vez na Barataria
e uma outra entre as árvores de Audubon
o vi ainda nas asas de uma grande borboleta
na Floresta da Tijuca
e ele é tão belo e rápido e fugidio
que podemos nomeá-lo como
Aparição Fugaz da Divindade.
em New Orleans há um pássaro azul
e o canto metálico dos corvos.

todas as estradas são iguais
as curvas os perigos
os penhascos que surgem inesperadamente
mesmo que o departamento que regula as estradas
finque placas avisando
diminua a velocidade
use freio motor
coisas do tipo
o rastro da beleza
quem seguiria?
no céu, as nuvens sempre são outras.

i

este poema é um gato
ele salta e se estica
se espicha na linha
se enrosca em novelo
em seu próprio enredo
balança o rabo
bastante irritado
talvez porque o pássaro
escape apressado
para o poema ao lado.

ii

este poema é um pássaro
seu voo é um risco
traçado na página
sua curva uma fuga
da garra estendida
ou quem sabe um sorriso
de irônico escárnio
ao salto do gato.

cena

o gato sobe no topo do mundo
é nele se equilibra.
matemático, calcula a meta
que cabe no seu salto e se arrisca.
silencioso, maquina
a trajetória exata do seu golpe ágil
(mas não voa)
e o pássaro de nuvens escapa no azul.

o país impossível

o meu país é uma nuvem
ou uma bolha de água.
pisar no que se esfacela
corta os pés, disse-me um dia
alguém coberto com um manto de sombra e flores.
fotos da guerra estão espalhadas
na mesa da cozinha
no meio de panos de prato
(aqueles com estampas de gansos e patos selvagens).
o meu país é uma nuvem e ela se dissipa.
o meu país é uma bolha de água e ela se desfaz.
não é um tiro o que se escuta
são milhares de asas
anunciando outro voo.

fotografia

você vê o menino no colo do homem
ele parece dormir

na verdade
você não vê o menino

você vê os seus sapatinhos pretos

os pés pendidos como ficam os pés das crianças
quando elas dormem

você vê seus shorts azuis
e um pedaço da camiseta vermelha
que parece ainda mais vermelha
porque está úmida

serão lágrimas?

o homem se inclina sob o peso do menino

é sabido que crianças pesam mais
enquanto dormem

o homem vira seu rosto para o lado oposto
ao rosto do menino
que não vemos

não
não vemos
o rosto do menino

não parece olhar para lugar algum
aquele homem

esta é a última imagem.

outra fotografia

há um pássaro morto à beira da praia

há um pequeno pássaro morto
à beira de uma praia

o pássaro morto
é um menino
como tantos
como seu irmão
que também morreu
mas não vimos
como não vimos
não vimos nunca
o rosto morto
do menino morto
à beira da praia

pesa sobre nós
um sono sem sonhos.

tempo

o homem toca piano no andar de cima
do lado de fora se misturam
o canto dos pássaros
e as vozes quase infantis dos desenhos animados.
tudo na mais perfeita ordem
exceto, é claro, pelos fascistas que marcham na avenida.

o pássaro jaz
no cimento frio da cidade.
em seu peito tatuado
as marcas da garra: a guerra.
nos olhos opacos
permanece o gato.

o guaxe
espalha pedaços de sol
ao abrir do leque
de sua cauda.

uma gota de sangue
aquarela a água.

homens que não voam
não sabem do direito sagrado ao céu.

e chegará o dia
em que cercarão
de arames o céu
já que radares são por demais invisíveis.
e chegará o dia
em que os fugitivos
cairão como frutas
nos quintais
cadáveres sobre os quais dançarão os jovens.
e chegará o dia
pássaro que anuncia a tempestade
a bicar nossos olhos.

a porcelana de todas as coisas
[para Assionara Souza]

o pássaro retirado das garras do gato
sua pequena vida paralisada por um instante
paciente e forte
sem compreender o curativo precário
sobre o estômago delicado
pedrinhas e sementes à vista
o vermelho vibrante do sangue
e talvez um raio do sol de inverno
o atravessando.

hoje morreu uma estrela
gás e poeira em direções opostas
a mais de um milhão de quilômetros por hora
supernova que alimentará outros grupos de estrelas.

eu sei que o anjo da morte inventou essa tristeza de ser gente
e de saber da porcelana de todas as coisas.

mas o pássaro voou apesar da ferida
e a luz da estrela brilha sobre nós em nossa frágil eternidade.

nota sobre a morte de flávio migliaccio

de tanto frequentar
o açougue
a carne dos animais
dependurada em ganchos
embalada em plástico
os ossos partidos
as vísceras em exibição
o avental do açougueiro
manchado de sangue
a atmosfera densa
exalando a fluidos e tutano e sebo
nos tornamos finalmente outra espécie de fera.

vê?
há um pássaro morto no centro do palco.

vê?
parece que é um homem.

os pássaros: eles mesmos

Andorinha, espinho de nuvem,
âncora do ar [...]

Wislawa Szymborska, *Um amor feliz* [trad. Regina Przybycien]

lição de voo número 1

antes de qualquer coisa
há a respiração
o movimento ritmado
quase música
do ar entrando
do ar inflando
do ar saindo
de dentro dos pulmões
só depois o impulso
o estalar dos ossos
o distender dos músculos
e a luz
a luz que devora tudo.

lição de voo número 2

antes de tudo
é preciso habitar
o voo
não há equação
ou arquitetura
que possam substituir
o ato de fechar os olhos
e crer no espaço infinito.

outras lições e seu método

i

quando o dia nasce
a luz devora
cada pedaço do escuro:
os pássaros
em seu alvoroço
anunciam
o gato.

ii

a mulher
romã ou rubi?
acende o sol
a sua púbis

a mulher
romã ou rubi
outro nome para pássara.

iii

o pássaro
não se curva
ao tempo

o tempo
exige uma certeza ao menos
a sua própria passagem

o pássaro
é imprevisto.

iv

tudo é silêncio e luz intensa
durante o voo do pássaro

ele sabe o trepidar do gavião.

v

meu pai pastorava distâncias
grandes extensões de luz
e as pequenas obscuridades da beleza
viver é esse aprendizado, dizia.

meu pai era um pássaro.

vi

dentro do pássaro
sopro
floração
fora do pássaro
voragem.

vii

uma faísca
seu nome é pássaro
lâmina coruscante
atravessando o céu.

viii

do coração de uma nuvem
ao coração de outra nuvem
o voo.

ix

são leves as penas
do pássaro
seu voo
mistério de números puros.

x

risco do céu em branco
folha de papel
e um pássaro desabitado
das trajetórias azuis da tarde.

xi

e se o pássaro for uma flor
uma flor com ossos nervos sangue
uma flor com estrutura para o voo
e habilidades para a nidificação?

se o pássaro for uma flor
o que seremos tu e eu?

xii

o vidro não é sólido
o vidro é um líquido
e se quebra.

eu tenho ganas de pássaro
do voo impossível do pássaro
e trago um anel de Saturno no dedo.

xiii

um pássaro entre as mãos
e as mãos
dois pássaros voando.

sobre armadilhas

meu pé esquerdo lateja
um coração que bate
descompassado
dentro do meu calcanhar
um coração de ossos
com um pequeno pássaro
sangrante e dolorido no seu centro
um coração deslocado
ataviado por uma rede de nervos
que reverbera um nome.

meu pé esquerdo lateja
poderia ser um reino ou uma estrela.

a cidade, pouso para pássaros precários.

sobre falhas

o coração é um músculo involuntário.
pesa mais que uma palavra num papel
pesa menos que um pássaro em voo.
o coração é um músculo em três camadas
e salta, mesmo que não se perceba.
contrai e relaxa constantemente
e se enche de sangue e desse que é teu nome.
o coração é uma bomba hidráulica
que trabalha sintonizada com a luz do oceano.
o coração parece o oceano
mas é só um músculo
um animal minúsculo que bate
que dança que samba
e que de vez em quando falha.

sobre o antipássaro

essa caixa de guardar absurdos.
essa caixa de gerar esquecimentos.
essa caixa de ossos e lamentos.
essa caixa labirinto de ventrículos.
essa caixa de caminhos esquecidos.
essa caixa de linhas esticadas.
essa caixa de tudo tão pesada.
essa caixa essa caixa essa caixa.
teu nome dentro dela uma ave.

uma ave a bater desencontrada.

o dia

o dia levanta
entre cores misturadas
e indistintas
e a cada volta
seu retorno se contorna
como coisa
ou voo
que nunca se explica.

e o poema claro
como a espuma da onda
ou como o sol rasgado na quilha.

se você colocar uma das mãos entre duas de minhas costelas,
poderá escutar o canto de um pássaro amarelo e preto.
se vencer a resistência do músculo e dos líquidos quentes
poderá tocá-lo.
se os ossos se expandirem a contento
você mesmo poderá vê-lo.
mas se quiser entrar
cuidado!
você pode ficar preso lá dentro enquanto ele escapa.

[e eu sonhei que era uma sereia dentro de um tanque de concreto, mas minha cauda resplandecia com as cores da cauda do pavão: eu, meio peixe, meio pássaro, meio mulher]

notícia biobibliográfica da autora

Micheliny Verunschk nasceu em Recife e cresceu em Arcoverde, sertão de Pernambuco, onde se graduou em história. é doutora em semiótica pela PUC-SP. seu primeiro livro, *Geografia íntima do deserto* (2003), foi finalista do Prêmio Portugal Telecom de Literatura, em 2004; o romance de estreia, *Nossa Teresa - vida e morte de uma santa suicida* (2014), levou o Prêmio São Paulo de Literatura de 2015 (melhor romance de autor estreante acima de 40 anos). prepara, dentre outros projetos literários, sua poesia reunida, e seu quinto romance.

bibliografia

poesia

Geografia íntima do deserto. São Paulo: Landy, 2003.

O observador e o nada. Recife: Bagaço, 2003.

A cartografia da noite. São Paulo: Lumme Editor, 2010.

b de bruxa – bonnus bonnificarum. Recife: Mariposa Cartonera, 2014.

maravilhas banais. Goânia: martelo, 2017.

romance

Nossa Teresa – vida e morte de uma santa suicida. São Paulo: Patuá, 2014.

Aqui, no coração do inferno. São Paulo: Patuá, 2016.

O peso do coração de um homem. São Paulo: Patuá, 2017.

O amor, esse obstáculo. São Paulo: Patuá, 2018.

participação em antologias

Na virada do século: poesia de invenção no Brasil do século XX. org. de Claudio Daniel e Frederico Barbosa. São Paulo: Landy, 2002.

Antologia comentada da poesia brasileira do século 21. org. de Manuel da Costa Pinto. São Paulo: Publifolha, 2006.

Antologia de poesia brasileira do início do terceiro milénio. org. de Claudio Daniel. Vila Nova de Gaia: Exodus, 2008.

Roteiro da poesia brasileira. Anos 2000. org. de Marco Lucchesi. São Paulo: Global, 2009.

Bicho de siete cabezas. org. de Martín Palacio Gamboa. Córdoba: De Todos Los Mares, 2010.

Todo começo é involuntário – a poesia brasileira no início do século 21. org. de Claudio Daniel. São Paulo: Lumme Editor, 2010.

Poesia.br. org. de Sergio Cohn. Rio de Janeiro: Azougue Editorial, 2012.

Vinagre – uma antologia de poetas neobarracos. org. de Fabiano Calixto. 2013. [e-book].

Poesia viva do Recife. org. de Jussara Salazar. Recife: CEPE, 2013.

Inquebrável, Estelita para cima. org. de Wellington de Melo. Recife: Mariposa Cartonera, 2014.

29 de abril: o verso da violência. org. de Domenico A. Coiro, Mar Becker, Priscila Merizzio e Silvana Guimarães. São Paulo: Ed. Patuá, 2015.

Capibaribe vivo. org. de Jussara Salazar. Recife: CEPE, 2015.

Golpe: antologia-manifesto. 2016. [e-book].

1917-2017: o século sem fim. org. de Marco Aqueiva. São Paulo: Patuá, 2017.

Blasfêmeas: mulheres de palavra. org. de Marília Kubota e Rita Lenira de Freitas. Porto Alegre: Ed. Casa Verde, 2017.

A nossos pés. org. de Manoel Ricardo de Lima. Rio de Janeiro: 7Letras, 2017.

Antologia Língua Rara. org. de Bruno Ribeiro. Porto Alegre: Editora Outsider. [e-book].

Contemporâneas: antologia poética. org. de Adriane Garcia. Porto Alegre: Ed. Vida Secreta. [e-book].

Partículas subatômicas: microcontos brasileiros. org. de Luiz Ruffato e José Santos. Ed. O Fiel Carteiro. [e-book].

outras notícias biográficas

Vinícius Yano nasceu em Goiânia em 1985. é graduado em Design pela PUC-GO (2009), onde é professor Auxiliar no curso de Arquitetura. concentra seus trabalhos em gravura (metal e xilo) e aquarela, sendo professor dessas disciplinas no Instituto Basileu França e nos Amigos do Museu.

Pássaro algum voa alto demais se o faz com as próprias asas.
William Blake

tiragem 1.300 exemplares

exemplar n.º 0390

este livro, composto em Baskerville, foi impresso e acabado por **cumbuca – ateliê gráfico** na primavera de 2020, em ofsete, em Pólen Bold 90g, da Suzano. o papel de capa é o Curious Matter Ibizenca Sand 270g, da ArjoWiggins. a capa foi impressa em serigrafia a partir das matrizes xilográficas

Sei que amanhã quando acordar / Ouvirei o martelo do ferreiro / Bater corajoso o seu cântico de certezas. [Manuel Bandeira]